REFLETS

DE LA

LANTERNE DE DIOGÈNE

—◦◦◦◦◦—

Le Vers et le Vin.

Un vieux proverbe dit : « Quiconque a bu boira. »

Pareillement : « Quiconque a rimé rimera. »

Que ce soit vers ou vin dont on ait pris l'ivresse,

Soit au vin, soit au vers, on reviendra sans cesse.

Jet bourbeux d'Hippocrène, infernale liqueur,

De quel étrange feu tu nous brûles le cœur !

Ah ! qui me l'aurait dit, en puisant à ta source,

Que j'allais m'altérer d'une soif sans ressource ?

C'est bien là cependant ce qui m'est arrivé :

Je bois, mais plus je bois, moins je suis abreuvé.

En vain, plein de dépit, d'en rester là je jure :

L'instant d'après, hélas ! je suis déjà parjure.

Tel avec grands serments le soir se voue à l'eau,

Qui dès le lendemain ribote de nouveau,

Et, comme tout-à-l'heure il maudissait la treille,

Entonne un nouvel hymne à la dive bouteille :

De même pour celui que la muse a touché,

Il tombera sans fin dans le même péché.

Dans la veille il saurait s'imposer de la trève

Que bien certainement il rimerait en rêve.

Du Parnasse tels sont les terribles sommets,

Qu'une fois qu'on y va, l'on n'en revient jamais.

O sainte poésie ! O mon seul bien sur terre !

Soleil dans le bonheur, soleil dans la misère !

Qu'il fasse clair ou noir dans le ciel de mes jours,

Sur mon front, pour guider mes pas, tu luis toujours.

Poésie, astre égal du sourire et des larmes,

A jamais laisse-moi m'éblouir à tes charmes,

Laisse-moi, l'esprit plein d'un espoir éternel,

A jamais me chauffer à ton feu paternel !

Avril de moins de fleurs émaille les prairies

Que toi de doux tableaux mes douces rêveries.

Sans toi que me ferait le plus gai des printemps ?

C'est bien plus toi que lui qui rends les cœurs contents.

Comme lui l'aliment dans les feuilles nouvelles,

Tu fais monter la joie en nos pauvres cervelles.

De roses et de lys c'est toi le vrai bouquet

Dont il nous faut parer la table du banquet.

Que serait-ce sans toi, mon Dieu! que la jeunesse

Et les meilleurs baisers d'une belle maîtresse ?

Telle dans cette vie est la réalité

Que le beau même est laid sans ton prisme enchanté.

Le destin vainement m'étreint de maux sans nombre :

Tes magiques clartés chassent au loin toute ombre.

Dès que montent vers toi mes regards éblouis,

Mes chagrins les plus vifs tombent évanouis...

Car je songe à la mort, et son aspect m'enivre,

Et je voudrais avoir déjà cessé de vivre.

Tu me montres son lit rempli de tant de paix,

Un sommeil si certain sous ses rideaux épais !

Mes membres d'aucun mal n'y craignent plus l'injure,

Et les vents sur ma tombe ont un si doux murmure !

Il y vient mille fleurs, l'abeille y prend son miel ;

Quand il y pleut, ce n'est qu'en gouttes d'arc-en-ciel.

Mont sacré ! Mont sacré ! les terrestres orages

Ne troublèrent jamais tes immortels ombrages !

Pur cristal d'Hippocrène, adorable liqueur,

De quels célestes feux tu nous remplis le cœur !

De bonheur je me sens rebondir la poitrine.

Je ne vois plus partout que la grâce divine.

Sur le fleuve du Temps, grand flot limpide et pur,

Je vogue désormais sous un immense azur,

Les oiseaux dans leur nid, dans l'onde les sirènes,

Réveillent les échos sur les rives lointaines.

Dans les bras du plaisir, dans les bras de l'amour,

Mille anges de beauté me bercent tour à tour;

Le même doux zéphyr qui gonfle la voilure

Nous rafraîchit le front, nous sert de nourriture.

Tout est bon, tout est beau sur terre et dans les cieux :

Terre et Cieux, contemplez des cœurs le plus heureux !

A cheval.

Trahit sua quemque voluptas.
. . . .
Quadrupedante putrem sonitu quatit ungula campum.
(Virgile.)

Le buveur est heureux quand son verre pétille,

Le pêcheur, quand il pend à sa ligne un poisson ;

Le libertin s'amuse à séduire une fille,

Le curé se délecte à vous faire un sermon.

A l'avare il ne faut rien que l'argent qui brille ;

Donnez à la paresse un doux lit de gazon ;

Aux regards d'un auteur que la gloire scintille :

Chacun a son plaisir de prédilection.

Pour moi, j'aime surtout un coursier bien agile

Qui m'emporte au galop, toujours au frein docile :

Sa course me procure un bonheur achevé.

Le doux son de la voix de celle que j'adore

Me charme seul autant que son sabot sonore,

Battant à temps égaux les pierres du pavé.

Simples étudiants ce soir.

I

Ils allaient se quitter à jamais en ce monde :
C'est la dernière fois qu'ils devaientse revoir.
Ils n'avaient plus qu'un jour, ô misère profonde !
Oh ! dans leur triste cœur il faisait bien bien noir.

Au village voisin on était en Kermesse :
Pour s'y trouver au bal ils avaient rendez-vous.
Certes, aucun des deux ne trahit sa promesse :
On les en vit sortir, bras dessus, bras dessous.

Quelqu'un près d'eux s'enquit si la foule était grande.

Quelle idée ! avaient-ils, eux, pris garde à cela ?

Aussi sans rien répondre à sa sotte demande,

Passèrent-ils vite outre en vous le plantant là.

O doux frissons du cœur, ô langueurs ravissantes !

O le premier amour ! ô rêve, ô chasteté !

Ils allaient, ils allaient, loin des danses bruyantes,

Comme s'ils n'avaient plus que seuls sur terre été.

Jamais le vent des nuits n'eut plus suave haleine,

Jamais le firmament ne se montra plus beau :

Au milieu du ciel bleu la lune brillait pleine.

.Allez, jeunes amants, voilà votre flambeau.

Allez, ô blond garçon, allez, ô brune fille !

Les séraphins du Ciel, de leurs ailes d'azur,

Abriteront le feu qui dans vos seins pétille :

Jamais rien ne plut tant à Dieu que l'amour pur.

Allez, fondez vos cœurs, allez, fondez vos âmes !

Pas de railleurs ici, désert est le chemin.

Si la langue est trop faible à bien rendre vos flammes,

Pour vous les exprimer vous vous prendrez la main.

Pour vous communiquer l'ardeur qui vous dévore,

Longuement, longuement vous vous embrasserez !

Si les baisers ne vous satisfont pas encore,

Il n'est plus qu'un moyen : pleurez, enfants, pleurez !

Pleurez, les yeux tournés vers les célestes plaines :

Les pleurs en disent plus que les plus beaux discours ;

C'est le dernier effort des puissances humaines,

C'est le dernier degré des plus vives amours.

Jamais le vent des nuits n'eut plus suave haleine,

Jamais le firmament ne se montra plus beau,

Au milieu du ciel bleu la lune brillait pleine.

Allez, jeunes amants, voilà votre flambeau !

Ils allèrent ainsi bien longtemps tête à tête,

Mais entre amants toujours c'est trop tôt se quitter.

Ils revinrent enfin se mêler à la fête,

Non sans encor sentir tout leur cœur palpiter.

Voyons, enfants, chassez l'ombre qui vous inonde,

Oh ! rendez le sourire à vos traits soucieux !

Vous avez bu, ce soir, dans sa coupe profonde,

Ce que l'amour contient de plus délicieux.

Saints abbés demain.

II

— Pour si petit motif, quoi ! si grande tristesse...
Voyons, consolons-nous, mon cher, assez pleuré !
— Non, rien ne calmera la douleur qui m'oppresse,
Non, point de guérison pour mon cœur ulcéré !

— Pauvre homme, innocent, va! sois sûr que ta maîtresse,
En te voyant partir, n'a rien d'aussi navré.
— Arrière, faux ami qui railles ma détresse !

Se perdre à tout jamais..... je suis désespéré !

— Faux ami ? Non, mon bon, mais entre tous sincère :

Je saurais le prouver, si c'était nécessaire.

— Tais-toi ! si c'était vrai, tu plaindrais notre amour.

— Je te plains ! je comprends le mal qui te dévore.

Seulement je ne puis ne pas comprendre encore

Avec quelle gaîté nous en rirons un jour.

Infamie.

C'était un de ces gens qui n'ont ni sens ni cœur :

Dans un cercle d'amis qui n'étaient pas moins bêtes,

Dandinant sur un pied avec un air vainqueur,

Il racontait gaîment ses nombreuses conquêtes.

A l'entendre phraser d'un petit ton moqueur,

On eût cru qu'il faisait tourner toutes les têtes ;

Il en était pour lors à salir sans pudeur

Une enfant qui certe est l'une des plus honnêtes.

Comme il en pérorait d'une belle façon !

Et parmi les amis quelle admiration !

Ils semblaient envier le fat du fond de l'âme.

Histoire de vantard, de péchés non commis :

Sottise de tout temps ! sot conteur, sots amis !

C'est triste qu'étant sot ce soit encore infâme !

LA SAGESSE DES NATIONS

A l'adolescence.

Odi profanum vulgus et areeo.
Favete liugnis ; carmina non priùs
Audita, musarum sacerdos,
Virginibus puerisque canto.

Attention ! je chante
Un chant nouveau.
(HORACE.)

I

O vous qui tout-à-l'heure entrerez dans le monde

Sans savoir un seul mot de ce beau genre humain,

Ecoutez ce qu'en sait la science profonde,

Si vous voulez y faire un jour votre chemin.

Si quelqu'un n'a que peu, ce peu de le lui prendre,

A quiconque a beaucoup, d'encor plus accorder :

Telle est la règle, a dit Christ pour qui veut l'entendre.

Ne visez donc en tout qu'à beaucoup posséder.

L'important est de bien se mettre sur la voie.

Défiez-vous à mort du premier mouvement,

Car c'est le bon ! Ce n'est qu'un leurre qui fourvoie.

Pour la sensation, à bas le sentiment !

Auprès de vos amis songez qu'un temps ou l'autre

Ils peuvent devenir vos plus grands ennemis ;

Avec vos ennemis faites le bon apôtre :

Songez qu'ils peuvent être un jour de vos amis.

Le monde n'est partout composé que de mines :

Selon les cas, tâchez de vous accommoder.

Un Dieu bon a pris soin de clore les poitrines,

Pour que nul indiscret ne pût y regarder.

N'ayez ni foi ni loi, pas plus de cœur que d'âme,

Mais, surtout ! paraissez, paraissez en avoir.

Flattez le vieux monsieur, flattez la vieille dame,

Flattez l'enfant, donnez à tous de l'encensoir.

Au dedans le serpent, au dehors la colombe,

Voilà le ton qu'il faut s'efforcer d'acquérir.

Exprès pour l'enseigner Christ sortit de la tombe :

Il ne l'avait compris qu'en se sentant mourir.

Que la chose avant lui ne fût mise en pratique,

On n'en saurait douter en aucune façon ;

Mais nul auparavant sur la place publique

N'avait encore osé la produire en leçon.

Ses disciples, surpris d'une pareille audace,

En firent retentir les airs de longs bravos.

C'est ainsi que du monde ils changèrent la face !

Un nain d'Hercule ainsi referait les travaux.

Rampez, rampez, rampez sous les fleurs et les mousses !

Il y va du succès, faites le généreux !

Ne prononcez jamais que des paroles douces,

N'offrez aux gens que miel et vous serez heureux.

. Ainsi le commanda de tout temps la sagesse :

Rien de plus vertueux, surtout de plus chrétien !

Si parfois vous damnez, mettez-y tant d'adresse

Que même les maudits croient que c'est pour leur bien.

La parole ne fut aux hommes dispensée

Qu'afin qu'à tout besoin qui s'en ferait sentir,

Ils pussent s'en aider à cacher leur pensée.

Sot qui par un sot vrai se laisse appesantir !

Ne brusquez rien : mieux vaut douceur que violence ;
Pour faire l'intérêt l'emporter sûrement,
Rien de tel que de mettre à point dans la balance
Ce beau poids d'or nommé désintéressement.

Que diable! on ne prend pas de mouches au vinaigre !
Si vous voulez avoir votre place au soleil,
Mieux que du lourd pain sec et de la soupe maigre,
En toute chose, enfants, suivez bien ce conseil.

Tenez droit sur le rail ! Qui manque de le faire,
C'est là loi du destin qu'inévitablement
Il ne doit que traîner d'ornière en fondrière,
S'il ne périt d'abord épouvantablement.

II.

Il est doux en lisant le livre du poète
De sonder avec lui la vie et le trépas,
De s'émouvoir aux maux qu'à ses héros il prête,
Ou de jouir des biens qu'il sème sous leurs pas;

Il est doux d'admirer comment d'un bloc énorme
Que d'une masse inerte on vient de détacher,
Le sculpteur fait sortir le contour et la forme,
Tellement que le marbre a l'air prêt à marcher;

Il est doux d'admirer une toile splendide
Où le génie, aidé d'un habile talent,
A su prendre si bien la nature pour guide
Que tout, à l'œil trompé, tout y semble parlant;

Il st doux d'admirer un monument superbe,

Aux antiques arceaux, aux riches vitraux peints,

Où la lumière brille en éclatante gerbe

A travers un amas de diables et de saints;

Il est doux, au milieu d'un concours magnifique,

Sous le lustre brillant de la dalle au plafond,

D'écouter les accords d'une belle musique

Dont les échos dans l'âme entrent au plus profond;

Il est doux dans un bois, sur la mousse embaumée,

Loin du soleil ardent, loin du monde moqueur,

D'écouter les soupirs d'une maîtresse aimée

Dont les accents vont droit jusques au fond du cœur;

Mais il est bien plus doux pour le cœur et pour l'âme,

Dans un palais à soi, près d'un grand coffre plein,

D'entendre s'exhaler l'harmonieuse gamme

Que chante sous les doigts l'or au son cristallin ;

De fixer, débordant d'une extase divine,

De longuement fixer ses regards éblouis,

Ses regards pleins du feu qu'on a dans la poitrine,

Sur ces fins bas-reliefs qu'on nomme des louis ;

De se réchauffer là devant ces astres fauves,

Aux rayons merveilleux, à l'éclat non pareil,

Astres-rois près de qui les comètes sont chauves

Et le soleil n'est plus qu'une ombre de soleil !

L'or, c'est tout !!! Poésie, amour, beauté, nature,

Froid et chaud, nuit et jour, et lignes, et couleurs,

Musique, architecture, et peinture, et sculpture,

De l'or ne sont rien, rien que les vils serviteurs.

L'or, c'est tout : le salut dans ce monde et dans l'autre,

L'universel moteur, le nerf intelligent

Qui nous retire seul des bas-fonds où l'on vautre.

Sinon Dieu même il est son principal agent.

III

La belle chose que l'argent !

La vertu n'est rien que la lune :

Il est le soleil flamboyant.

Honneur et gloire à la fortune !

Honneur et gloire à la fortune !

C'est le fruit mûr et succulent

Qui plaît à chacun, à chacune.

Il est d'un charme tout puissant !

Il est d'un charme tout puissant !

On n'est qu'un zéro sans pécune.

C'est le génie et le talent.

Jamais, jamais il n'importune !

La belle chose que l'argent !

Honneur et gloire à la fortune !

Il est d'un charme tout-puissant !

Jamais, jamais il n'importune !

Jamais, jamais il n'importune !

C'est l'universel passe-avant.

Il est d'un charme tout-puissant !

Il est d'un charme tout-puissant

Près de la blonde et de la brune.

Honneur et gloire à la fortune !

Honneur et gloire à la fortune !

C'est l'unique point important.

La belle chose que l'argent !

C'est l'unique point important,

.Près de la blonde et de la brune,

C'est l'universel passavant.

Des nations telle est la sagesse éternelle !

N'est-ce pas, jeunes gens, qu'elle est louable et belle ?

Que qui la suit serait la fleur des gens de bien,

S'il n'était simplement le type du vaurien ?

Beaux jours.

Il est de beaux jours dans la vie,

Des jours que jamais on n'oublie,

Quoi que fasse le temps jaloux.

Il est de beaux jours dans la vie !

Amour ! ô premier rendez-vous,

Que tes ressouvenirs sont doux !

Il est de beaux jours dans la vie,

Des jours que jamais on n'oublie !

Petits enfants.

Qu'ils soient couverts de bure ou de soie et de franges,

De fleurs et de bijoux qu'ils soient ou non parés,

Tous enfants ici-bas sont égaux dans leurs langes,

Petits êtres frileux, débiles et sacrés.

Pour tous également leurs beaux frères les anges,

Penchés sur leurs berceaux, font des rêves dorés.

La question n'est point par quels destins étranges

Ils doivent quelque jour se trouver séparés.

Cette égalité-là, la seule bien réelle,

Le Ciel dans sa bonté l'a faite universelle :

Elle règne à jamais sur l'espace et le temps.

La nature avant tout est la commune mère ;

On ignore si c'est la reine ou la bergère

Dont le marmot sera le plus grand dans mille ans.

L'insecte ambitieux.

Un insecte brillant des plus vives couleurs

Depuis qu'il était né vivait au sein des fleurs.

Sans doute vivre ainsi c'est vivre exempt de peine ;

Parler de son bonheur serait donc chose vaine.

Cependant il lui vint un jour dans le cerveau

De courir le pays pour chercher du nouveau.

Hélas ! sans réfléchir il suit sa fantaisie...

Adieu, nectar divin ! adieu, douce ambroisie !

S'il n'avait pour partir nulle bonne raison,

Du moins pour voyager eut-il bonne saison.

C'était au mois de juin, au temps où la nature

Prodigue ses bienfaits à toute créature.

Au temps où mille objets s'offrent de toutes parts,

Dignes par leur éclat d'attirer les regards.

Au milieu des parfums que berçait le zéphyre,

Tout paraissait chanter, tout paraissait sourire ;

On se sentait dans l'âme un immense bonheur.

Oh ! grâce en soit rendue au divin créateur !

Notre insecte suivant sa folle rêverie,

Trouva sur son chemin une vaste prairie.

Il y fut arrêté par l'admiration ,

Dont naquit en son cœur un grain d'ambition.

De ces deux sentiments et la cause et la suite

Furent ce que je vais décrire ici bien vite.

Le soleil, qui montait tout rouge à l'horizon,

D'admirables reflets colorait le gazon.

Ses feux en se mirant dans l'eau de la rosée,

Faisaient de chaque goutte une perle irisée.

L'une d'elles surtout par sa position,

De notre voyageur fixa l'attention.

En la voyant de loin, magnifique et superbe

Trembloter au sommet du plus haut des brins d'herbe,

— Le merveilleux rubis! Est-il rien de plus beau,

Dit-il d'une voix grêle? Heureuse goutte d'eau!

En ce poste élevé, par-dessus tout obstacle,

Oh! comme elle est là bien devant tous en spectacle!

S'exposer de la sorte aux rayons du matin,

Quel sort délicieux ! quel glorieux destin !

Et moi ?... se doute-t-on seulement que j'existe ?

Non, non, je ne veux point (car c'est chose trop triste),

Me résoudre à rester à jamais inconnu.

Je veux paraître enfin : le temps en est venu !

Laissons les vils crapauds traîner leur vie obscure

A travers les bourbiers de cette terre impure.....

Mais nous au sein de qui roule un plus noble sang,

Recherchons les honneurs, la gloire d'un haut rang ?

Que la limace rampe en ces plaines infimes,

A nous il ne convient que de hanter les cimes !

Afin que sans nous voir nul ne puisse passer,

Sur ce gramen allons aussitôt nous placer.

Après cette tirade, on le croira sans peine,

Le pauvre discoureur dut un peu prendre haleine.

Vraiment il eut grand bien d'un instant de repos.

Ensuite il entreprit, fier, allègre et dispos,

D'accomplir le dessein qu'il avait dans la tête.

Du gramen chancelant il touchait presqu'au faîte,

Quand survint un oiseau qui, flic-flac ! le happa :

Pas une patte, non, rien ne s'en échappa.

N'est-il pas en ces vers quelques traits de l'histoire

De maints ambitieux qui vont chercher la gloire ?

Ignorés, ils pourraient avoir tous les bonheurs,

Mais il leur faut monter au gramen des honneurs !

L'infortune ou la mort passant, flic-flac ! les happe

Pas une patte, non, rien, rien ne s'en échappe

Les Duvets.

Voyez-vous ces duvets qui passent?

Les vents en tourbillons les chassent

Par les guérets, par le désert,

Par le mont d'épines couvert,

L'âpre mont dont l'aride cîme

Domine l'insondable abîme

Où tout va par tous les chemins.

Passez, passez, duvets humains.

PAUL FRANKLERR.

COMPIÈGNE. — TYP. FERD. VALLIEZ.

www.ingramcontent.com/pod-product-compliance
Lightning Source LLC
Chambersburg PA
CBHW060911180626
46818CB00004B/1911